LES FOLIES
DE
CARDENIO,
Piece Heroï-Comique :

DEUXIÉME BALLET
DANSÉ PAR LE ROY,
Dans son Château des Tuilleries,
Le Lundy trentiéme jour de Decembre 1720.

DE L'IMPRIMERIE
De JEAN-BAPTISTE-CHRISTOPHE BALLARD,
Seul Imprimeur du Roy pour la Musique.

M. DCC XXI.
Par exprès Commandement de Sa Majesté.

※※※※※※※※※※※※※※※※※※※※※※※※※※※※※

COmme il a paru que, dans les differentes Re-
préfentations de ce Ballet, le Public n'a point
entendu la Comedie, on a crû devoir en donner
l'Impreffion.

LA PIECE eft de Mr. Coypel le fils.

LA MUSIQUE de Mr. de Lalande, Sur-
Intendant de la Mufique du Roy , &c.

LE BALLET de Mr. Balon, Maître de Danfe
de Sa Majefté, & Compofiteur des Ballets.

ACTEURS
DU PROLOGUE.

INERVE, Melle. Antier.

LA RAISON, Melle. Bury.

LE CHAGRIN, fous la figure
DE LA RAISON, Le Sr. Muraire.

LE PLAISIR, Le Sr. Boutelou.

DIVERTISSEMENT
du Prologue.

PREMIERE ENTRE'E.
PLAISIRS.

Es Srs. Dumoulin-4e. Melles. Prevôt.
Laval. Guyot.
Marcel. Menés.
Blondy. Dupré.

Suite du Divertiffement du Prologue.

DEUXIE'ME ENTRE'E.

SEIGNEURS GAULOIS.

LE ROY.

Onfieur le Duc DE CHARTRES. Mr. de Befon.

Mr. le Marquis de Villeroy. Mr. de Croiffy.

Mr. de Coigny. Mr. de Renel.

Mr. de Mirepoix. Mr. de Langeron.

Mr. de Coffé. Mr. de Tonnèrre.

Mr. de Frahcine. Mr. Balon fils.

SUITE DE CETTE ENTRE'E.

Mr. le Duc de la Tremoille. Mr. le Ch. de Maulevrier.

Mr. le Duc de Bouflers. Mr. de Gondrin.

Mr. de Cruffol. Mr. de Saint Florentin.

Mr. de Ligny. Mr. de Rupermonde.

Mr. de Brancas. Mr. de Lafufe.

PROLOGUE.

SCENE PREMIERE.

Le Theâtre répréfente le Palais du R O Y.

LE CHAGRIN, fous la figure de la Raifon.

LE CHAGRIN, Le Sr. Muraire.

E l'auftere Raifon,
Le Chagrin en ce jour prend les traits &
    le nom;
C'eft trop fouffrir icy l'Ennemy qui m'offenfe,
Plaifir, je vais bien-tôt renverfer ta puiffance;
Et ces Jeux & ces Ris qui bleffent trop mes yeux,
Vont pour jamais quitter ces lieux:

Mais ! quelle est mon erreur extrême !

La Raison même

Dans cette Cour

Fait son séjour !

Il n'importe, avec Elle on me verra paroître,

Et l'on aura peine à connoître,

En nous voyant les mêmes traits,

Qui des deux est la veritable ;

Mais pourrai-je jamais

A la Raison être semblable ?

De mon front soucieux effacerai-je bien

Ces rides qui jamais n'altererent le sien ?

SCENE DEUXIEME.

LE PLAISIR, LE CHAGRIN,
LES JEUX de la suite du PLAISIR,
qui entrent en dansant.

LE PLAISIR, Le S'. Boutelou.

Cy la Jeunesse

Rassemble sans cesse

Les Jeux & les Ris;

Et c'est la Sagesse

Qui, de ces lieux chéris,

Chasse la Tristesse.　　　　　　　On danse.

LE CHAGRIN.

Fui de ces lieux, Plaisir trop séducteur;

Vien-tu dans cette Cour, pour attaquer le cœur

Du

Du JEUNE ROY *qui de la France*
   Fait l'unique esperance ?
Porte ailleurs ton fatal poison,
Fui d'un sejour qu'habite la Raison.

LE PLAISIR.

Je ne suis pas, Raison sévere,
Ce Plaisir rebelle à vos loix,
Dont les transports ont tant de fois
Causé vôtre juste colere ;

Je suis ce Plaisir innocent,
  Dont le Monde naissant
Goûtoit si bien les charmes ;
Bannissez d'injustes allarmes ;
Et pour combler mes vœux,
Daignez regler mes Jeux.

SCENE TROISIÉME.

LA RAISON, LE CHAGRIN, LE PLAISIR.

LA RAISON, Melle. Bury.

Uy je les regleray..... Mais que vois-je paroître !

LE PLAISIR.

Ciel ! deux Raisons ! Et comment reconnoître

Celle qu'il faut croire en ce jour ?

Qui des deux regne en cette Cour ?

LA RAISON & LE CHAGRIN, ensemble.

LA RAIS. *Chagrin*,
LE CHAG. *Erreur*, que pretend-tu sous la fausse apparence

D'une si belle ressemblance ?

LA RAIS. *Vien-tu par tes noires fureurs,*

LE CHAG. *Vien-tu par tes conseils trompeurs,*

LA RAIS. *Effrayer ces timides cœurs?*

LE CHAG. *Me chasser de ces jeunes cœurs?*

LE CHAGRIN.

Non, de l'Erreur fatale,
Je dois triompher en ce jour:

Volez, Fureur, de ce séjour,
Chassez ma funeste Rivale.

LA RAISON.

Non, ce n'est que par la douceur
Que je chasse l'Erreur;

Imite mieux le noble caractere
De la Raison:

C'est trop peu d'emprunter & mes traits & mon nom,
Banni cette indigne colere:

Non, ce n'est que par la douceur
Que je chasse l'Erreur.

B ij

SCENE QUATRIÉME.

MINERVE, LA RAISON, LE CHAGRIN,
LE PLAISIR.

LA RAISON, à MINERVE.

 ILLE de Jupiter, ô divine Sageſſe,
Toy qui conduis avec tant de tendreſſe
LE JEUNE ROY,
Qui déja ſuit ta Loy;
C'eſt en toy que je mets mon unique eſperance;
Qui peut nous juger mieux que toy?
A l'une de nous deux donne la préference;
Deux Raiſons s'offrent à tes yeux,
Chaſſe la fauſſe de ces lieux.

PROLOGUE.
LE CHAGRIN.

Sagesse, approuves-tu la Fête,
Que dans cette Cour on apprête :
Est-ce donc dans le sein du Plaisir trop flatteur,
Que peut s'élever un grand cœur ?

MINERVE, Melle. Antier.

Oüy , souvent le Plaisir amy de la Jeunesse,
Sert aux desseins de la Sagesse ;
Je veux aujourd'huy par sa voix,
Apprendre au ROY, *que j'éleve & qui m'aime,*
Jusques où peut aller l'égarement extrême
Des foibles cœurs qu'Amour asservit à ses loix ;

Mais toy, sombre Chagrin, que j'ay sçû reconnoître,
A mes yeux oses-tu paroître ?
La Sagesse jamais ne voulut t'écouter.

Vous n'avez rien icy, Raison, à redouter :
Sur ce triste Ennemy, remportez la victoire,
Vôtre triomphe fait ma gloire.

Vous, revenez, Plaisir , & chassez de ces lieux ,
Le Chagrin odieux.

LePlaisir &sa suite formēt des danses,& chassēt le Chagrin.

PROLOGUE.

MINERVE.

Venez, ASTRE NAISSANT, nôtre efpoir le plus doux,
Annobliffez les Jeux qu'on prepare pour Vous.

Le fond du Theâtre s'ouvre, & l'on voit LE ROY
fur un Trône galant, environné de fa Cour.

CHOEUR DES JEUX.

Ah! quel éclat frappe nos yeux!

Quel fpectacle embellit ces lieux!

Peuples, applaudiffez, à vôtre augufte Maître,
Il enchaîne les cœurs, des qu'on le voit paroître.

LE ROY danfe avec toute fa Cour.

MINERVE.

Je forme un HEROS pour la France,
Il doit combler fon efperance.

Chantez, que vos Concerts s'elevent jufqu'aux Cieux,
Célébrez dès ce jour fon deftin glorieux:
J'ay déja fait graver par les mains de la Gloire,
Les noms de fes Ayeux au Temple de Memoire;
Recevez pour garants de fon illuftre fort,
Mes foins & le Sang dont il fort.

On repete les deux premiers Vers. *Chantez,* & l'on danfe.

MINERVE, au ROY.

Puiſſiez-vous JEUNE PRINCE *, en maintenant la paix,*
Faire regner icy les Plaiſirs à jamais.

Non, ce n'eſt pas toûjours la ſanglante Victoire,
  Qui conduit les Rois à la Gloire.

MINERVE.

Il eſt beau d'être au rang des plus fameux Vainqueurs;
Mais puiſſiez-vous toûjours en regnant ſur les cœurs,
Forcer vos fiers Voiſins, ſans le ſecours des armes,
A porter loin de Vous, la Guerre & ſes alarmes!

CHOEURS.

Puiſſiez-vous, JEUNE PRINCE, *en maintenant la paix,*
Faire regner icy les Plaiſirs à jamais.
Non, ce n'eſt pas toûjours la ſanglante Victoire,
  Qui conduit les Rois à la Gloire.

Les P L A I S I R s danſent ſur ce Chœur.

FIN DU PROLOGUE.

ACTEURS
DE LA COMEDIE.

UCINDE, Melle. Duclos.

DOROTHE'E, Melle. Defmarres.

CARDENIO, Le Sr. Baron.

DOM FERNAND, Le Sr. Poiſſon, fils.

DOM DIEGUE, Le Sr. Legrand, pere.

DOM QUICHOTTE, Le Sr. Lavoy.

SANCHO, Le Sr. De la Thorilliere.

THERESE, Melle. Gautier.

IGNE'S, Melle. Quinault.

MARCELLE, Le Sr. Quinault, le jeune.

LOPE'S, Domeſt. de D. DIEGUE. Le Sr. Defontenay.

PREMIER PAGE, Le Sr. Legrand, fils.

SECOND PAGE, Le Sr. Duclos.

L'AMOUR, Le petit Dangeville.

L'HYMEN, M. Legrand.

UN BERGER, Le Sr. Du Boccage.

UN MATELOT, Le Sr. Duchemin.

La Scene eſt dans l'Andalouſie.

Divertiſſement

Divertiſſement du premier Acte.

Quadrille d'ESPAGNOLS.

MR. de Coigny.	Melles. Leroy.
Mr. de Mirepoix.	Lemaire.
Mr. de Villars.	Duval.
Mr. de Lorges.	Mangot.

Quadrille de MAURES.

Mr. le P. de Turenne.	Melles. Deliſle.
Mr. de Beſons.	Corail.
Mr. de Chambona.	Labatte.
Mr. de Maulevrier.	Laferriere.

Quadrille d'INDIENS.

Mr. le Grand Prieur.	Melles. Guyot.
Mr. le Marquis de Villeroy.	Menés.
Mr. le Duc de Montmorency.	Prevôt.
Mr. le Marquis d'Alincourt.	Dupré.

C

Quadrille de CHINOIS.

M^r. Balon.

Les S^{rs}. Blondy, & Marcel,

Les S^{rs}. Ferrand , Dupré , Dumirail & Mion,

LA PAGODE.

Le S^t. Dumoulin-2e.

PETITES PAGODES.

Paris , Boiseau , Lamotte & Alin.

COMBATTANTS

Qui amusent CARDENIO, pendant que DOM
FERNAND enleve LUCINDE,

LEs S^{rs}. Laval , Malterre l'aîné.
Malterre cadet , Duval.
Deshayes , Marcel cadet.
Javillier , Pierret.

LES FOLIES DE CARDENIO,
Ballet Heroï-Comique.

ACTE PREMIER.

Le Theâtre repréfente une Salle, ornée pour un Bal.

SCENE PREMIERE.
LUCINDE, DOROTHE'E.

DOROTHE'E.

UY, Madame, les bontez que vous me témoignez depuis hier, que j'ay le bonheur d'être auprès de vous, & la tendreffe que vous faites paroître pour l'heureux Cardenio, qui va devenir vôtre Epoux, tout m'engage à ne vous pas laiffer ignorer

C ij

plus long-temps qui je fuis ; ce n'eft qu'à de jaloufes
craintes que je dois le bonheur de vous connoître.

L U C I N D E.

Elvire, que dites-vous ?

D O R O T H E'E.

Elvire eft un nom emprunté, le mien eft Dorothée:
Demeurée veuve très-jeune, je paffois doucement ma
vie à la Campagne, le bruit de ma foible beauté ne
me permit pas de goûter long-temps les charmes de la
folitude, & m'attira bien-tôt l'importunité de plufieurs
Amants ; Les Fêtes qu'ils me donnoient chaque jour,
attirerent dans ce lieu D. Fernand. D. Fernand me vit,
m'aima ; & je ne pû long-temps le voir d'un œil in-
différent ; mais, j'euffe fouhaitté que fon rang eût été
moins au-deffus du mien : Ah ! lui dis-je, Seigneur, je
n'ofe prétendre à l'honneur de vous être unie, pourquoy voulez vous m'expofer au danger de vous aimer ?
Je fis ce qui me fût poffible pour lui faire comprendre
les fuites fâcheufes que pouvoit avoir un tel engage-
ment ; mais, hélas ! en cherchant à luy faire ouvrir les
yeux je m'aveuglay moi-même : enfin, il me promit
fa foy, je luy donnay la mienne ; bien tôt il fût obligé de me quitter pour des affaires qui l'appelloient
icy alors ; mais, peut-être trop tard, mille refle-
ctions cruelles me déchirerent : Ne le voyant point revenir, je m'abandonnay aux plus vives douleurs ; j'ap-
pris enfin que chaque jour il vous voyoit & vous don-
noit des Fêtes, le bruit de vôtre beauté me remplit de

mortelles craintes ; & je pris enfin la refolution de me
déguifer, de venir icy vous offrir mes fervices pour l'ob-
ferver, guerir mes. foupçons , ou mourir de douleur.

LUCINDE.

Raffurez-vous , belle Dorothée , l'amitié que D. Fernand a pour Cardenio eft le feul motif des foins qu'il
daigne prendre pour les aprefts de nôtre hymen ; &
pouvez-vous , avec tant de charmes, le foupçonner de
vous manquer de foy ?

DOROTHE'E.

Je cherche autant que je le puis à me peindre D.
Fernand tel que je fouhaiterois qu'il fût ; mais , belle
Lucinde, comment le juftifier du peu d'impatience qu'il
a de me revoir ? Et quelles affaires fi preffantes peuvent le retenir icy ?

LUCINDE.

Je vous l'ay déja dit, l'amitié dont il honore Cardenio, l'a retenu jufqu'icy près de nous , il veut être
témoin de nôtre mariage, & . . . .

DOROTHE'E.

Hélas ¡ l'amour eft bien foible, lorfqu'il céde fi facile-
lement aux devoirs de l'amitié ¡

LUCINDE.

Non , non, croyez qu'il eft toûjours le même; & puifqu'il faut vous le dire, il eft aifé de juger en le voyant,

que son cœur est agité d'une forte passion, nous le
voyons souvent tomber dans des rêveries....

DOROTHE'E.

Et qui sçait si c'est moy qui les cause ? Que vous
êtes heureuse, aimable Lucinde; L'amour n'a pour vous
que des douceurs, vous ne connoissez point les trou-
bles de la jalousie ; Cardenio vous aime autant qu'il
me paroît aimé,

LUCINDE.

Hélas! mon bonheur me paroît trop parfait, je ne
puis croire qu'il soit durable; malgré moi, mille craintes, dont j'ignore la cause, empoisonnent ma joye, je
me verrois unie ce soir à Cardenio, je toucherois à cet
heureux moment!... Mais, je le vois ! D. Fernand est
avec luy..

DOROTHE'E.

De grace, ne me découvrez pas encore ; sous ce dé-
guisement, il ne pourra me reconnoître.
Elle baisse son voile.

SCENE DEUXIE'ME.

D. FERNAND, CARDENIO, LUCINDE, DOROTHE'E.

D. FERNAND à LUCINDE.

IL faut l'avoüer, Madame, les tranſports de joye de l'heureux Cardenio ſont tels que je le croirois in-ſenſé, ſi je ne connoiſſois pas le charmant Objet qui les cauſe.

CARDENIO.

Oüy, je l'avoüe, mon adorable Lucinde, je crains de m'éveiller ; non, il n'eſt pas poſſible que je ſois ſi parfaitement heureux, tout cecy n'eſt qu'un ſonge & peut-être bien-tôt un reveil cruel ...
Cependant je vous vois, je vous parle : De grace, ré-pondez-moi, pour me raſſurer.

LUCINDE.

Mais en effet, Cardenio, vous perdez la raiſon.

CARDENIO.

Oüy, je la perds ; & comment ne la perderois-je pas ! Peut-on la conſerver dans un tel excès de bonheur ? Et le meriterois-je, ſi je pouvois l'enviſager de ſang froid ? Ah ! ſi l'excès du malheur peut alterer l'eſprit, le comble de la felicité peut bien en faire autant ; ne me repro-chez donc plus ces tranſports, partagez-les plutôt. *(à D. Fernand)* Et vous, Seigneur, puiſſiez-vous, agité d'une paſſion comme la mienne, devenir bien-tôt inſenſé comme moy.
Vous ſoûpirez !

D. FERNAND.

Puiſſiez-vous l'un & l'autre brûler toûjours d'un ſi beau feu, rien n'eſt égal au bonheur d'aimer & d'être aimé !

DOROTHE'E.

Ce bien eſt d'autant plus charmant qu'il eſt rare ; ſouvent il ſuffit de ſçavoir que l'on eſt aimé, pour ceſ-ſer d'aimer.

D. FERNAND.

Quoy donc, Elvire, auriez-vous trouvé quelqu'ingrat ?

DOROTHE'E.

Helas ! daigne le Ciel me préſerver d'un tel malheur.

D. FERNAND.

Ah ! n'ayez pas ſi mauvaiſe opinion des Amants, ſur quelque fauſſe peinture qu'on a pû vous en faire.

DOROTHE'E.

Seigneur, je m'imagine qu'on n'auroit point à crain-dre de vous un ſi fâcheux retour, vous ſemblez regar-der la perfidie avec trop d'horreur pour.... *à part*, Juſte Ciel, il ſe trouble ! Malheureuſe !

D. FERNAND, *à part*.

Dieux, ſeroit-ce Dorothée !

SCENE

SCENE TROISIE'ME.

DEUX PAGES, LUCINDE, DOROTHE'E, D. FERNAND, CARDENIO.

PREMIER PAGE.

LEs Mafques viennent de tous côtez, le Bal peut commencer fi-tôt que vous l'ordonnerez.

LUCINDE.

Si mon Pere y confent, vous pouvez laiffer entrer. Où courez-vous, Elvire?

DOROTHE'E.

Je me retire, l'habit de Veuve fied mal au milieu d'une pareille Fête, *à part, en s'en allant.*
Helas; que je crains!

CARDENIO.

Pour augmenter le plaifir de la Fête, nous avons envoyé inviter l'extravagant D. Quichotte; mais je vois un Page qui va nous en donner des nouvelles.
Eh bien, aurons-nous le merveilleux Chevalier?

SECOND PAGE.

Non, Seigneur, mes prieres & celles de Sancho n'ont pû le faire confentir à fortir de fon defert, où, dit-il, il eft en penitence, à l'imitation du grand Amadis;

D

& vous perdez fans doute un tres-grand plaifir ; quelque chofe qu'on eût pû me dire de cet incomparable Chevalier, j'avoüe que je fuis demeuré immobile en le voyant ; fa figure noire & féche, fa fole gravité, fes difcours empoulez ; en un mot, tout en lui m'a paru fi extraordinaire, que je n'en fuis pas encore revenu ; mais ce qui m'a charmé, a été de voir la douleur de Sancho, quand il a vû fon Maître refufer de me fuivre ; fes pitoyables plaintes, qu'il affaifonnoit de Proverbes à chaque inftant, m'ont penfé faire mourir de rire ; vingt fois il s'eft jetté aux pieds de ce gravé Chevalier, mais inutilement ; & le pauvre Ecuyer defefpere même de pouvoir l'engager à fe trouver aux nôces de la belle Ignés & du jeune Marcelle, qui doivént fe faire en ces cantons.

LUCINDE.

J'avoüe que je me ferois fait un fort grand plaifir de le voir, je ne puis croire tout ce qu'on en publie.

CARDENIO.

J'avois la même curiofité.

SCENE QUATRIE'ME.

D. DIEGUE, D. FERNAND, LUCINDE, CARDENIO.

D. DIEGUE.

ENfin, ma Fille, cette heureufe Fête va commencer ; le doux moment approche où tes vœux & mes defirs vont être fatisfaits, & mon cher Cardenio va bien-tôt m'appeller son Pere. Helas ! j'ai peine à retenir mes larmes ! Que vôtre union m'enchante ! Qu'il est doux de pouvoir assurer le bonheur de ceux que l'on cherit !

LUCINDE.

Que ne dois-je point à cet amour de Pere, & qu'il augmente le prix du don que vous me faites,

CARDENIO.

Seigneur, jugez de ma reconnoissance par l'excès de ma joye, elle est plus éloquente que tout ce que je pourrois vous dire.

D. FERNAND.

L'on entre, prenons place.

SCENE CINQUIE'ME.

Troupes de Masques partagées en quatre Quadrilles ; Une d'Espagnols, une de Maures, une de Chinois & la quatriéme d'Indiens.

LUCINDE, CARDENIO, D. FERNAND & D. DIEGUE prennent place.
Après que l'on a dansé, plusieurs Masques tirent l'épée.

CARDENIO *voulant les séparer.*

JUste Ciel ! qu'est-cecy ? Masques, que pretendez-vous faire ? arrêtez.

LUCINDE.

Ah ! Cardenio, ne vous exposez pas,

D. DIEGUE *mettant l'épée à la main.*

Cardenio, laissez-moi le soin de les separer.

LUCINDE.

Eh, mon Pere !

Plusieurs Masques environnent D. Diegue & l'emmeinent.

D. FERNAND, à LUCINDE.

Madame, laissez-moi vous conduire à vôtre appartement ; Cardenio, dans un moment je suis à vous.

D. Fernand emmeine Lucinde ; le Combat dure encore un moment, après quoi tout s'appaise, & les Masques se retirent.

SCENE SIXIE'ME.

CARDENIO, DOROTHE'E *qui survient.*

CARDENIO.

GRaces au Ciel ! tout est appaisé, allons promptement retrouver Lucinde, allons la rassurer.

DOROTHE'E.

Je fremis, ah ! Seigneur.

CARDENIO.

Qu'avez vous donc, Elvire ? tout est calme ; que craignez-vous encore ?

DOROTHE'E.

Ce que je crains ? Helas ! vainement je cherche Lucinde ; Seigneur, sçavez-vous ce qu'elle est devenue ?

CARDENIO.

Que dites-vous, ô Ciel !

DOROTHE'E.

J'étois dans une chambre qui donne sur la Mer, j'ai cru reconnoître la voix de vôtre Amante, dont les cris sont venus jusqu'à moi, j'ai couru au balcon, j'ai vû......

CARDENIO.

Je fremis, achevez.

DOROTHE'E.

Helas ! j'ai vû un Vaisseau qui prenoit le large, & toûjours les mêmes cris.

CARDENIO.

Juste Ciel !

SCENE SEPTIE'ME.

LOPE'S, CARDENIO, DOROTHE'E.

LOPE'S.

AH ! Seigneur, apprenez le plus grand de tous les malheurs, D. Fernand enleve Lucinde.

CARDENIO.

D. Fernand !

DOROTHE'E.

D. Fernand !

LOPE'S

En feignant de la conduire à son appartement, le Perfide l'a fait passer par le Jardin, où des gens qu'il avoit apostez l'attendoient ; helas ! ce tumulte étoit un artifice du Traître pour nous amuser tous ; ils n'ont trouvé, par ce moyen aucune résistance ; les cris de vôtre Amante se font perdus dans le bruit qu'on faisoit icy haut : Le malheureux D. Diegue est dans sa chambre à demi-mort, le malheur de sa Fille va lui coûter la vie.

CARDENIO.

D. Fernand m'enleve Lucinde ! D. Fernand !.... Courons.... je chancele ! sortons.... ô juste Ciel, la force me manque dans le moment où je devrois voler... d'où vient donc cette nuit.... *(il s'évanoüit)*

LOPE'S.

Ah ! Seigneur ; Elvire, secourez-moi.

DOROTHE'E *soûtenant Cardenio.*

O malheureux Cardenio ! tu n'es pas le seul à plaindre icy.

LOPE'S.

D. Diegue n'est pas sans doute moins digne de pitié.

CARDENIO. *revenant & faisant les gestes d'un homme égaré.*

Graces aux soins de mes plus chers amis, on vient de briser les fers dont j'étois enchaîné ; je puis donc préfentement courir en liberté, le jour a diffipé la nuit qui me cachoit les chemins par où je dois paſſer pour pourſuivre.... (*regardant Dorothée*) Mais que vois-je ? Ciel ! eſt-ce-vous, ma Lucinde ? Ah ! quel Dieu favorable à mes vœux peut vous rendre ſi-tôt à ma tendreſſe ? Qui vous a délivrée ?

DOROTHE´E.

Il s'égare.

CARDENIO.

Vous ne me répondez point ; eh d'où vient que vous pleurez ? Ne craignez plus, ma chere Lucinde, vous êtes entre mes mains, & rien ne peut deſormais vous en arracher, ceſſez de redouter le perfide. ...

LOPE´S.

Seigneur, que dites-vous ?

CARDENIO à LOPE's.

Eh quoi ! Traiſtre, je te vois ; oſes-tu bien la pourſuivre encore ?

LOPE´S.

Elvire, tâchez de l'arrêter, je vais chercher du ſecours.

CARDENIO, *tirant l'épée.*

Il oſe encore vous parler ? Ah ! c'en eſt trop, il faut, Perfide.... mais il fuit, il m'échappe ; Venez, chere Lucinde, que vôtre Epoux vous remette entre les mains d'un Pere prêt à mourir de douleur.

DOROTHE´E.

Ah ! Seigneur, reconnoiſſez vôtre erreur, Seigneur...

CARDENIO.

Lucinde, qui peut caufer ce changement ? helas ! je ne reconnois plus l'aimable fon de vôtre voix , & vos traits me paroiffent changez : D'où vient donc ces lugubres habits ? Ah ! Lucinde , pourquoi prendre une autre figure ; voudriez-vous me fuir ? Eh quoi, pourriez-vous aimer le lâche D. Fernand ?

DOROTHE'E.

Seigneur , détrompez-vous , ouvrez les yeux.

CARDENIO.

Ah !... d'où vient donc que je fuis en ces lieux ? qu'eft devenu tout ce monde que je voyois affemblé ? C'eft vous, Elvire. Qu'eft devenu Lucinde ?.. (*avec fureur.*) D. Fernand me l'enleve ! Eh pourquoi donc me retenir encore icy ? Quoi, favorifez-vous le traître ? approuvez-vous fa perfidie ? Cruelle, vous avez prêté les mains à cette trahifon, ah ! redoutez tout de mon reffentiment, craignez.... Mais, malheureux, que fais-je ? Je perds le temps, Lucinde, en plaintes inutiles, quand je dois voler à ton fecours. (*Il fort.*)

DOROTHE'E.

Arrêtez, ah Seigneur, arrêtez; mais il fuit ; que va-t-il devenir ? Infortunée, de quel foin vas-tu t'embarraffer ? ce malheureux Amant eft encore moins à plaindre que toy; helas ! il peut efperer encore de retrouver Lucinde, où du moins il eft fûr qu'elle l'aime toûjours; Ah ! ces maux font-ils comparables aux tiens ? Va, Malheureufe, cherche quelque defert où tu puiffes cacher ta honte, & pleurer tes malheurs.

FIN DU PREMIER ACTE.

ACTE SECOND.

Le Theâtre reprefente un Bois, & dans le fond l'on apperçoit la Mer, & des Cabannes de Bergers.

SCENE PREMIERE.

THERESE, IGNE'S.

IGNE'S.

MA Mere, quelle eft donc cette belle Dame, à qui vous venez de prêter les habits de cet étranger qui mourut icy il y a quelque temps ? Je n'ay vû de ma vie rien de fi charmant!

THERESE.

Je ne fçais point fon nom, ma Fille; mais je juge à fa politeffe que c'eft une Dame de la Cour : cette belle perfonne eft dans une affliction incroyable, elle veut, dit-elle, paffer déformais fa vie dans les deferts.

IGNE'S.

J'étois avec vous lorfqu'elle vous a priée, les larmes aux yeux, de luy fervir de mere dorénavant; mais je

E

ne puis comprendre quel chagrin si pressant peut l'obliger à s'éloigner de la Cour, la Cour que je me figure si belle !

THERESE.

Oh ! ma chere Fille, si nous devons croire ce qu'on en dit, elle est plus belle de loin que de près ; & des gens sensez assurent que nous sommes au milieu des deserts, dans nôtre mediocrité, mille fois plus heureux que les Grands à la Cour, dans toute leur magnificence.

IGNE'S.

C'est-là ce que je ne puis pas bien comprendre : D'où vient les biens & la magnificence les rendroient-ils moins heureux que nous ?

THERESE.

C'est, dit-on, qu'à force d'en avoir, ils ne s'en soucient plus : Pour nous, nous connoissons la valeur de ce que nous possedons, parce que nous en avons peu ; Par exemple, si tu avois tous les jours tes beaux habits, tu ne t'en soucierois plus, au lieu que tu as tant de plaisir quand tu les prends aux jours de feste pour te parer ; si tu étois tous les jours dans les danses & dans les festins, tu ne serois pas si aise aujourd'huy de voir les preparatifs de tes nopces avec ton cher Marcelle ; en un mot, ce dit-on, tout ce que nous voyons trop souvent nous devient indifferent, & c'est assez que nous ayons les choses, pour ne nous en plus soucier ; ainsi, ma chere Fille, nous sommes plus heureux que les gens de la Cour : Nos plaisirs sont plus rares ; & partant, nous les goûtons mieux.

IGNE'S.

Je ne fçais que vous dire, ma Mere, j'aurois beau être tous les jours brave & dans les plaifirs, il me femble que je ne m'en lafferois pas.

THERESE.

Tu le crois !

IGNE'S.

Mais, par exemple, vous croyez donc que parce que je vais avoir la permiffion de voir tous les jours Marcelle, & de l'aimer tant que je voudray, je ne l'aimeray plus tant ? Oh ! je vous jure bien que cela ne fera pas.

THERESE.

Tu feras obligée d'aimer Marcelle, parce qu'il fera ton époux.

IGNE'S.

Je vous affure, ma Mere, que ce ne fera point du tout parce que j'y feray obligée : Si je le haïffois, l'on auroit beau me dire qu'il faut l'aimer, comment pourrois-je y parvenir ? Non, non, ma Mere, ce fera parce qu'il eft aimable & qu'il me plaît plus que les autres.

THERESE.

Je crois qu'il feroit bon de l'avertir que nôtre aimable Etranger eft une fille ; car enfin, que fçavons-nous, il pourroit fort b'en devenir jaloux s'il voyoit chez nous un fi beau garçon.

IGNE'S.

Tout au contraire, ma Mere, il faut bien se garder
de luy dire que c'est une femme, jusqu'à ce que je sois
mariée, elle est trop belle; & que sçavons-nous s'il n'en
deviendroit pas amoureux, s'il la connoissoit ; voyez-vous,
s'il m'alloit quitter pour elle ?

THERESE.

Oüy, mais s'il devient jaloux ?

IGNE'S.

Tant mieux, tant mieux, ce sera bon signe, & nous
ferons toûjours à tems de luy faire connoître son erreur : Oh vrayment j'ay été bien aise quand cette Dame
a pris des habits d'homme, j'avois déja grand'peur : Mais,
d'où luy vient cette fantaisie de s'habiller ainsi ?

THERESE.

C'est, dit-elle, pour n'être point exposée à s'entendre
dire des douceurs, & pour pouvoir aller dans les champs
en sureté; il faut l'inviter à tes nopces, cela pourra peut-
être dissiper ses ennuys, tout ce que j'apprehende aujour-
d'huy, c'est que ce grand Soudrille de D. Quichotte,
qui rode dans ces bois, ne vienne encore se mettre de
la partie avec son goulu d'Ecuyer, ces droles-là ne se
font vrayment pas prier ; je ne sçais pour moy ce que
c'est que ce mêtier de Chevallerie qu'ils font ; ils vont,
disent-ils, chercher des Princesses enlevées, des torts à
redresser, des Geants à pourfendre, que nous importe
à nous ? nous ne connoissons point ces gens-là, & ce-

pendant, difent-ils, il faut à caufe de la peine qu'ils
fe donnent, qu'on les défraye de tout ; je crois fur mon
honneur que ces deux bons Meffieurs ont le timbre fê-
lé. Mais , voicy nôtre charmante hôteffe !

SCENE DEUXIÉME.

DOROTHE'E EN JEUNE POLONOIS,
THERESE, IGNE'S.

THERESE.

AH ! vit-on jamais rien de fi beau : nos pauvres Bergers n'auront qu'à fe cacher : Oh ! que vous allez
caufer de jaloufie :

DOROTHE'E.

Je prétends fuir tout le monde avec tant de foih,
que quand mes traits pourroient encore conferver quelques graces, l'on n'aura rien à craindre. Helas !

THERESE.

Quelle cruelle refolution prenez vous-là , Madame,
êtes vous en âge de renoncer au monde ? Ah ! cher-
chez plutôt à diffiper le chagrin qui femble vous ron-
ger , & daignez honorer aujourd'huy les nopces de ma
Fille, de vôtre aimable prefence.

DOROTHE'E.

Cette belle Fille fe marie aujourd'huy ?

I G N E'S.

Oüy, Madame.

DOROTHE'E.

Helas ! ma chere Fille, puiſſiez-vous trouver un Epoux tendre & conſtant, & n'éprouver jamais les cruels revers de l'amour.

ß I G N E'S.

Marcelle, qui doit m'épouſer, m'a bien promis de m'aimer toûjours.

DOROTHE'E.

Les plus perfides en diſent autant.

I G N E'S.

Oh, puiſque Marcelle me le dit ; il me tiendra pa‑role, je reponds de ſa ſincerité.

DOROTHE'E.

Vous l'aimez à ce qu'il me paroît.

THERESE.

Ils ſe ſont aimez dès leur plus tendre enfance, & j'eſpere qu'ils s'aimeront toûjours ; Madame, ne nous refuſez pas la grace que nous vous demandons, de vouloir bien être preſente à leur mariage, il ſe fera ce ſoir ; je vais au logis preparer les choſes neceſſaires, pardonnez ſi je vous quitte : Vous, Ignés, reſtez auprès de Madame. *Thereſe ſort.*

DOROTHE'E.

Belle Ignés, je fuis fenfible aux foins que vôtre mere
veut bien prendre de moi, & à la priere qu'elle me fait
d'être prefente à vôtre mariage ; mais des raifons que
je ne puis encore vous apprendre, ne me permettent
pas de me montrer ; promettez-moi donc que vous vou-
drez bien me laiffer retirer chez vous dans une chambre où je pourrai refter feule en liberté.

IGNE'S.

Helas ; Madame, vous jugez bien que je ferai tout
ce que vous m'ordonnerez, quelque envie que je puiffe
avoir de voir à ma nôce une perfonne comme vous :
Mais, oferois-je vous demander quel fi grand fuiet de
chagrin peut vous obliger à fuir ainfi tout le monde,
vous qui paroiffez faite pour être heureufe ? Lorfqu'on
eft belle comme vous, peut-on . . . .

DOROTHE'E.

C'eft fouvent, ma chere Fille, nôtre beauté qui caufe
nos malheurs ; & ce prefent du Ciel quelquefois eft
bien dangereux.

IGNE'S.

Madame, oferois-je vous faire une queftion ?

DOROTHE'E.

Parlez, ma Belle, dites.

IGNE'S

Mais, je crains de manquer au refpect . . .

DOROTHE'E.

Ne craignez rien, & regardez-moi deformais comme vôtre fœur.

IGNE'S.

Puifque vous me le permettez, je vous avouërai que ce que vous venez de me dire devant ma mere, en parlant des amants, m'inquiete au dernier point; Madame, eft-ce qu'il peut s'en trouver qui foient capables de trahir leurs promeffes ? Je ne connois d'homme que Marcelle.

DOROTHE'E.

Helas ! que me demandez-vous ? Oüi, ma chere Enfant, il eft des hommes affez perfides....

IGNE'S.

Oüy, lorfqu'ils vous ont fimplement dit qu'ils vous aiment; mais quand ils ont promis leur foy, oferoient-ils bien.... Vous pleurez, Madame, helas ! vous me faites trembler.

DOROTHE'E.

Non, non, raffurez-vous, aimable Ignés, vous n'aurez point à craindre ces revers ; ce n'eft point dans les Bois qu'on trouve de ces monftres d'ingratitude, la pure innocence y fait regner la bonne foy; vôtre Amant fera fidèle, vous joüirez du plus parfait de tous les biens; puiffiez-vous en joüir long-temps.

IGNE'S.

Ah ! Madame, ce que j'ai dit auroit-il pû vous chagriner ? Vos pleurs redoublent : helas ! pardonnez, je ne croyois pas...

DOROTHE'E.

DOROTHE'E.

Non, ma chere Fille, vos discours ne sçauroient me
déplaire ; je vois venir quelqu'un.

IGNE'S.

C'est mon Marcelle.

DOROTHE'E.

Adieu, gardez-vous de me découvrir.

SCENE TROISIE'ME.

MARCELLE, IGNE'S.

IGNE'S.

Qu'elle me fait pitié, la pauvre Dame, helas!

MARCELLE.

O Ciel ! que viens-je de voir ? Ignés, perfide Ignés...

IGNE'S.

Cher Marcelle, que veux-tu dire ? Et d'où te vient
donc cet air fâché ?

MARCELLE.

Oses-tu me le demander, Traîtresse ? Et ce jeune Etranger que je viens de surprendre avec toi?

IGNE'S.

Est-ce-là le sujet de ta colere ? tu te fâches de bien
peu de chose.

F

MARCELLE.

Infidele ; & que faut-il donc de plus pour....

IGNE'S.

Si tu connoissois cet Etranger comme moi, bien loin d'entrer en jalousie, tu.... Mais je ne veux pas en dire davantage.

MARCELLE.

Ne vas-tu pas me dire qu'il t'entretenoit malgré toy, que tu ne le peux souffrir, que sa presence t'importunoit?

IGNE'S.

Non vrayment, je ne te dirai rien de tout cela, car je l'aime, & son entretien me plaisoit, *(à part)* Voyons s'il est jaloux.

MARCELLE,

Ah ! Parjure, oses-tu m'avoüer...

IGNE'S.

Voudrois-tu que je fisse un mensonge ?   *à part ;* Bon, il se fâche.

MARCELLE.

Quoi donc, Ingrate, un autre t'engage ; & tu pousses la cruauté jusqu'à me l'oser dire ?

IGNE'S.

Oüy je l'aime, Marcelle, & tu n'en dois pas être jaloux.

MARCELLE *affectant un air froid.*

Non, Perfide, non je n'en ferai point jaloux ; va l'on ne doit point envier le cœur d'une traîtreffe.

IGNES.

Dirois-tu vrai, Marcelle ; quoi tu n'es point jaloux?

MARCELLE.

Je rougirois de l'être après ta lâche trahifon.

IGNES.

Marcelle, tu n'es point jaloux ? Marcelle...

MARCELLE.

Quoi, tu pleures?

IGNES.

Helas ! n'en ai-je pas fujet, quand je vois que tu m'as trompée.

MARCELLE.

Que dis-tu?

IGNES.

Oüy, Marcelle, tu m'as trompée, tu m'avois tant dit que tu m'aimois.

MARCELLE.

Et je le dirois bien encore, fi...

IGNES.

Et tu mentirois encore, car tu ne m'as jamais aimée; Tu crois que j'en aime un autre, & tu n'es point jaloux?

F ij

Marcelle, tu ne m'as jamais aimée, helas! J'en juge trop bien par moi-même. Te souvient-il du jour que tu donnas un bouquet à Marine? Te souviens-t-il comme j'en fus fâchée? je ne pûs retenir mes larmes; cependant je n'osois pas t'aimer encore, & je fus au retour bien grondée par ma Mere; va, Marcelle, va, te dis-je, tu ne m'as jamais aimée; & l'on m'avoit bien dit que tous les hommes étoient des traîtres; je voudrois pour toutes choses au monde pouvoir te haïr à present; je voudrois pouvoir aimer cet Etranger que tu viens de voir, comme je t'aime; pouvoir l'épouser à ta place, & que cela te fît un dépit si sensible...

MARCELLE.

Expliquons-nous, Ignés, cesse...

IGNE'S

Je ne veux pas m'expliquer, moy; Tien, quoique je pleure, ne va pas t'imaginer pour cela que je t'aime.

MARCELLE.

Ne m'as-tu pas dit que tu aimois cet Etranger?

IGNE'S.

Oüy, je te l'ai dit d'abord pour voir comme tu prendrois la chose, mais je te le repete à present, afin que tu le croye; oüy, oüy, croi que je l'aime; si cela peut te chagriner; mais non, cela ne t'affligera pas, & tu n'es point jaloux.

MARCELLE.

Je le ferois, Ignés, fi je pouvois croire que cela fût veritable ; mais tes larmes me perfuadent du contraire ; cependant pour achever de guérir de mes foupçons, di-moi ce que te vouloit ce jeune homme.

IGNE'S.

Je ne le veux pas, moi.

MARCELLE.

De grace...

IGNE'S.

Non, tu m'as trop fâchée.

MARCELLE.

Quoi, tu me tournes le dos, fans vouloir me répondre?

IGNE'S.

Que je fuis fotte ; je ne puis jamais garder ma colere contre toy : Cet Etranger, puifqu'il faut te le dire, eft venu ce matin demander azile chez nous ; il eft de qualité, tel que tu le vois, & veut fe cacher dans les bois, pour des raifons qu'il n'a pas encore voulu nous dire.

MARCELLE.

Ignés, que di-tu ? Cet Etranger doit loger chez toy ? Ah ! que je crains.

IGNE'S

Eh ! qu'apprehendes-tu ?

MARCELLE.

Je crains tout, Ignés, c'est ta beauté qui l'attire icy, sans doute.

IGNE'S.

Rassure-toy ; quand cela pourroit être, ne croi pas que je voulusse l'écouter.

MARCELLE.

Ignés, qu'il m'a paru bien-fait !

IGNE'S.

Va, ses graces ne peuvent me plaire, encore un coup rassure-toy ; quand tu connoîtras cet Etranger comme moy, tu verras bien que tu n'as rien à craindre ; Mais on vient, Dieux ! que vois-je ? C'est ce grand Ferrailleur.

SCENE QUATRIE'ME.

D. QUICHOTTE, SANCHO, IGNE'S, MARCELLE.

D. QUICHOTTE.

JE fais ce que tu veux, Sancho, & j'abandonne, malgré moi, mes amoureuses rêveries, pour venir prendre part à la joie de ces tendres Amants : C'est donc aujourd'hui que l'heureux Marcelle va posseder sa chere Ignés ?

MARCELLE.

Oüy, Seigneur.

D. QUICHOTTE.

Si ma presence est de trop icy, vous devez vous en prendre à Sancho, qui ne m'a point laissé de repos dans l'ardeur qu'il avoit de venir...

SANCHO.

Par ma foy oüy, j'en suis d'avis ; il se fera deux nô- ces dans ces quartiers, sans que nous soyons à pas une? Nous serons entre deux selles le cul à terre ; Nous ne prendrons pas l'occasion aux cheveux ; Qui refuse, muse. N'est-ce pas bien assez que vous ayez refusé d'aller au mariage du Seigneur Cardenio, qui, dit-on, se doit faire avec tant de magnificence ? Helas ! combien se mange- t-il presentement de choses succulantes, dont j'aurois eu ma part ? Combien de poules, combien de ... mais enfin ; Quand on n'a pas ce que l'on veut, il faut aimer ce que l'on a ; au reste, je ne crois pas que le Seigneur Marcelle soit fâché de voir à sa nôce la crême de la Chevalerie Errante, le soûtien des arrogans & l'effroi des humbles ; un homme tel que luy, ne sçauroit trou- bler une fête ; Jamais bon vin n'a gâté sauce ; Abon- dance de bien ne nuit point, & si le ...

D. QUICHOTTE.

Eh ! Miserable, vas-tu nous lâcher encore une cen- taine de Proverbes ?

SANCHO.

Oh ? Monſieur, laiſſez-moi parler, c'eſt mon défaut de lâcher des Proverbes ; mais Chacun fait comme il peut, & non pas comme il veut ; Il n'y en a point de plus embarraſſé que celui qui tient la queüe de la poële; & au bout du conte, A qui Diable fais-je tort en me ſervant de mon bien ? Je n'ai que des Proverbes, & puis encore des Proverbes ; mais Quand on dit ce qu'on ſçait, & qu'on donne ce qu'on a, on n'eſt pas obligé à davantage ; peut-être me corrigerai-je ; Il y a du remede à tout, hors à la mort : Le Diable n'eſt pas toûjours à la porte d'un pauvre homme ; A beau jeu, beau retour ; Dans la ſuite des temps, toutes choſes ſe changent; Les foux font les feſtins, & . . .

D QUICHOTTE.

Te tairas-tu, Maudit, . . . Mais qu'entends-je ? quels Concerts !

MARCELLE.

Ce ſont pluſieurs Bergers de mes amis qui viennent icy celebrer mon bonheur.

BERGERS DANSANTS.

Bergers.	*Bergeres.*
Les Srs. Dumoulin-4e.	Melles. Prevôt.
Laval.	Guyot.
Marcel l'aîné.	Menés.
Dumirail.	Dupré.
Dangeville.	Deliſle.
Pecourt.	Corail.
Dumoulin-2e.	Laferiere.
Dumoulin-3e.	Labatte.

SCENE

SCENE CINQUIE'ME.

TROUPE DE BERGERS ET DE BERGERES, Et les Acteurs de la Scene précédente.

TROIS BERGERS,

Les Sᵣₛ. Boutelou, Muraire , & Mouret.

DEUX BERGERES, Meₗₗₑₛ. Bury & Antier.

CHOEUR DE BERGERS, & de BERGERES.

CHOEUR DE BERGERS.

 *Elebrons le bonheur de ces tendres amants :*
Que ce Bocage retentisse,
De nos concerts les plus charmants ;
Et qu'à nos voix l'Echo s'unisse.

On danse.

UN BERGER, Mr. Boutelou.

A nos douces chansons,
Tendres Bergers , mêlez les sons
De vos gracieuses musettes ;

L'Amour dans ces belles retraites,
Aujourd'huy rassemble sa Cour :
Celebrons les douceurs parfaites ;
Que nous annonce un si beau jour.

On repete les trois premiers Vers.

On danse.
G

LES FOLIES

UNE BERGERE ET UN BERGER,

Melle. Antier & le Sr. Mouret.

ENSEMBLE.

Sans foins, fans envie,

Nous paffons la vie;

Innocente Paix,

Durez à jamais.

LA BERGERE.

Contrainte importune,

Fuyez de ces bois;

Servez la fortune,

A la Cour des Rois:

LE BERGER.

Superbe Richeffe,

Que fuit le foucy,

Laiffez l'allegreffe

Regner feule icy;

ENSEMBLE.

Que les feules armes

Du charmant Amour,

Caufent des alarmes

Dans ce beau féjour.

Ils repetent de fuite les quatre premiers Vers.

Aprés le Duo, on danse.

UNE BERGERE,

Melle. Bury.

La brillante Aurore,

A versé sur Flore

Ses dons precieux;

Zephire en ces lieux,

La voyant si belle,

Voltige autour d'elle;

Et l'empressement

De ce jeune amant,

Rend sa tendre amante

Encor plus charmante.

ON DANSE.

Ce Divertissement est interrompu par des Bergers, qui ameinent CARDENIO demy évanoüit dans leurs bras.

SCENE SIXIE'ME.

CARDENIO entre les bras de deux Bergers ;
Et les Acteurs de la Scene précédente.

UN BERGER.

AH! Bergers, pour quelques moments, interrom-
pez vos jeux, & joignez-vous à nous pour secourir ce Malheureux que nous venons de trouver proche
d'icy, dans un tel égarement, qu'il étoit prêt à se pré-
cipiter dans la Mer ; il commence à revenir un peu,
nous croyons tous que c'est l'amour qui cause son déli-
re, car au milieu de ses fureurs, il a redit vingt fois le
nom d'une certaine Lucinde.

CARDENIO.

Qui me parle icy de ma chere Lucinde ? Mais, où suis-
je, & qui m'a conduit dans ces lieux ? Mes chers Amis,
apprenez-moy de grace par quel hazard je me trouve
icy.

LE BERGER.

Nous vous avons rencontré sur le bord du rivage dans
un tel desespoir, que nous avons craint pour vôtre vie.

CARDENIO.

O charitables & cruels soins ! Ah ! puisque vous vouliez
me secourir, Bergers, il falloit me laisser finir mes dé-
plorables jours.

DE CARDENIO.

SANCHO.

Ce bon Seigneur m'a l'air d'un Chevalier pénitent.

D. QUICHOTTE.

Seigneur Chevalier, le deſſein de renoncer au jour vous fait tort & m'offenſe : Déſeſperer de voir finir vos malheurs, à moins qu'il ne vous en coûte la vie, c'eſt ignorer que D. Guichotte ſoit ſur la terre.

CARDENIO, *ſans écoûter D. Quichotte.*

O Lucinde, ma Lucinde ! O malheureux Cardenio!

SANCHO.

Ma foy, Quand on parle du loup on en voit la queuë: Quoy, donc ſeroit-ce-là ce Seigneur...

D. QUICHOTTE.

Seriez vous, Seigneur, ce fameux Cardenio dont l'hymen ſe preparoit hier avec tant de magnificence.

CARDENIO, *rêvant.*

Barbare D. Fernand ! Traitre, où cours-tu cacher le précieux treſor que tu m'enleves, je touchois à l'heureux moment de me voir ſon époux; ô Ciel, ô juſte Ciel ! qu'en un inſtant ma fortune a changée.

D. QUICHOTTE.

Seigneur, je vous entends, un Perfide vous enleve l'Epouſe qui vous étoit promiſe, raſſurez-vous ; Vous la

retrouverez bien-tôt, ou D. Quichotte cessera de voir
la lumiere du jour. Et vous, Bergers, écoûtez le serment
que je fais : Je jure par l'ordre sacré de la Chevallerie
errante, & pour dire encore plus, par les nompareils
attraits de mon incomparable Dulcinée, de n'entre-
prendre aucune avanture, de ne manger pain sur nap-
pe, que je n'aye retrouvé cette illustre Lucinde, & pu-
ni son lâche ravisseur ; si je trahis l'esperance de ce
malheureux Chevalier, puissay-je être soûmis pour jamais au pouvoir de mes ennemis, puissent les lâches
enchanteurs exercer sur moy leurs plus noires malices,
puisse la souveraine de mes tendres & chastes pensées,
me punir par les plus rigoureux mépris.

LE BERGER à D, QUICHOTTE.

Seigneur Chevalier, remettez vos promesses pour un
autre tems, ce pauvre Cavalier est dans une rêverie
qui ne luy permet pas de vous entendre.

SANCHO.

Allons, Seigneur Cardenio, plaignez-vous, Il ne faut
point garder ce qu'on a sur le cœur ; enseignez promptement à mon maître le païs où il faut qu'il aille chercher Madame Lucinde, & nous l'aurons bien-tôt re-
trouvée morte ou vive, fût-elle au Monomotapa ; Qui a
langue, à Rome va ; Nous en avons bien vû d'autres ;
Ce n'est pas à nous qu'il en faut faire accroire.

LE BERGER à CARDENIO.

De grace, Seigneur, reposez-vous sur ce gazon.

CARDENIO.

Helas ! mes chers Amis, que ne fuis-je en état de reconnoître vos charitables foins, je ne puis me défendre d'accepter le repos que vous m'offrez , je fens que mes forces m'abandonnent , je fens que je n'ay plus guerre à fouffrir. O ! Lucinde ! ma Lucinde, fi tu connus jamais l'excès de mon parfait amour, tu ne dois pas douter que ton époux ne touche au dernier moment de fa vie, venge fa mort en la reprochant fans ceffe au Barbare qui te ravit à ma tendreffe , que tes mépris pour luy augmentent chaque jour, qu'il vive , mais pour éprouver tes rigeurs, fon fort fera plus affreux que le mien, puifque je meurs du moins dans la douce efperance d'être encore dans ton cœur.

LE BERGER.

Ah ! Seigneur, efperez & . . .

D. QUICHOTTE.

Laiffez-le fe foulager par la plainte , fouvent on irrite la douleur en cherchant trop-tôt à la calmer.

CARDENIO.

Bergers, éloignez-vous d'un objet qui doit vous attrifter , je trouble icy vos jeux, je m'apperçois que je vous ay fait quitter vos mufettes & vos chalumeaux ; faut-il que mon malheur trouble vos innocents plaifirs ? Laiffez-moy, mes Amis.

LE BERGER.

Ah ! plûtôt, permettez que par de douces Simphonies nous effayons de calmer vos fens pendant quelques moments ; accordez-nous cette grace.

CARDENIO.

Quoique mes mortels déplaifirs ne puiffent me per-
mettre de goûter la douceur de vos chants, Bergers,
les foins que vous voulez bien prendre pour moi, me
touchent trop pour pouvoir m'en défendre.

Une Bergere & deux Bergers entourrent Cardenio, &
chantent enfemble les paroles fuivantes.

Melle. Bury , les Srs. Muraire, & Mouret.

ENSEMBLE.

O Sommeil, vien verfer tes pavots fecourables ;

Calme les fens troublez des amants miferables.

LA BERGERE.

Et vous Songes flatteurs,

Par de feintes douceurs,

Faites-leur oublier des maux trop veritables.

ENSEMBLE.

O Sommeil, vien verfer tes pavots fecourables ;

Calme les fens troublez des amants miferables.

LE PREMIER BERGER.

N'interromp point les doux plaifirs

Des Mortels dont l'Amour veut combler les defirs.

ENSEMBLE.

O Sommeil, vien verfer tes pavots fecourables ;

Calme les fens troublez des amants miferab'es.

CARDENIO,

CARDENIO.

Bergers... attendez... Ecoûtez-moi. Ah ! Dieux, ſi vous ſçaviez ce que je viens de voir !

LE BERGER.

Il s'égare ce me ſemble ! Qu'avez-vous vû, Seigneur ?

CARDENIO.

Ah ! Lucinde eſt en ces lieux ! Je viens de la voir qui ſe cache derriere ces arbres ; mais je m'apperçois qu'en ſe cachant, elle obſerve ſi je la regarde.... ne diſons rien... ſans doute D. Fernand n'a feint cet enlevement que pour éprouver mon amour, & pour voir juſqu'où pourroit aller mon déſeſpoir ; mais pour me venger de ce ſtratagême, je veux feindre à mon tour de... cependant... non, Ah ! concevez-vous bien quelle eſt ma joye ? Chantez, danſez, celebrez-tous icy ma chere Lucinde ; que tout retentiſſe icy de ſon nom, de cet aimable nom, que je ne puis entendre ſans raviſſement.

LE BERGER.

Le voilà retombé dans ces égaremens : Ah ! du moins, ſi ſa folie lui faiſoit oublier ſes malheurs ; & s'il pouvoit toûjours s'imaginer revoir ſa Lucinde ? Tâchons, s'il ſe peut, de l'entretenir dans cette douce erreur.

H

CARDENIO, dans ſes rêveries,
s'imagine revoir LUCINDE, & invite les Bergers
à celebrer ſon retour.

UNE BERGERE, Melle. Antier.

à CARDENIO.

La Beauté qui vous charme eſt dans ce beau ſéjour;
Voyez devant ſes pas voler le tendre Amour;
 Pour vous la rendre encor plus belle,
Ce Dieu quelques moments vous a ſeparé d'elle.

Pour faire mieux goûter le prix de ſes bienfaits,
Il nous fait éprouver les plus vives alarmes;
 Nous reſſentirions moins ſes charmes,
 S'il combloit trop-tôt nos ſouhaits:
 Fidel Amant, ne verſez plus de larmes:
La Beauté, &c.

Pluſieurs Bergeres danſent au ſon des Flûtes, & de temps
en temps entourent le lit de gazon ſur lequel repoſe

CARDENIO.

※

CARDENIO, *se levant.*

Bergers, allons à la rencontre de mon adorable Lu-cinde ; détachez ces guirlandes de fleurs pour les femer fous fes pas. Ah ! je la vois, eft-ce vous ? Eh ! non, ce n'eft pas elle, je m'abufe, Dieux!

Il fe rejette fur le lit de gazon.

LE BERGER.

Eh ! Seigneur, écoutez...

CARDENIO *avec tranfport.*

Quoi, Lucinde, vous feriez d'accord avec mon odieux rival ! Ce feroit de vôtre confentement que le traître... non, je ne le puis croire.

D. QUICHOTTE.

Seigneur Cardenio, que dites-vous ? Non, non, raf-furez-vous, Lucinde vous eft toûjours fidelle.

CARDENIO *regardant D. Q.*

Quel eft ce fpectre qui me parle ? Jufte Ciel, quel effroyable fantôme!

SANCHO.

Voici bien pis, Monfieur Cardenio va nous chanter injure, à nous qui voulons courir après fa Dame ; ma foy,l'on dit bien vrai ; A laver la tête d'un afne on y perd fa leffive; Greffez les bottes d'un vilain, il dit qu'on les lui brûle.

H ij

D. QUICHOTTE.

Es-tu plus fou que lui, Sancho, de te fâcher de ce qu'il dit? Quoi, ne vois-tu pas que sa raison s'égare, & doit-on prendre garde à ce que dit un homme dont l'esprit est troublé? Seigneur Cardenio, revenez à vous, songez que D. Quichotte va s'armer pour vous.

CARDENIO.

D. Quichotte!.. Et que ce fou vole au secours de ses Princesses imaginaires; qu'il soûtienne s'il veut, en dépit du bon sens, que son Infante Dulcinée est la plus sage & la plus belle . . .

D. QUICHOTTE *tirant l'épée*.

Oüy, par la mort, je le soûtiendrai, temeraire Chevalier, dont l'indiscrette langue ose blasphemer contre...

LE BERGER.

Et que voulez-vous faire?

D. QUICHOTTE.

Punir un insolent, qui ose . . .

SANCHO.

Et Monsieur, vous souvenez-vous de ce que vous venez de dire? C'est un fou.

D. QUICHOTTE.

Non, le lâche m'en rendra raison.

CARDENIO.

Quoi donc tout s'arme pour me perdre ! O perfide
D. Fernand : quel besoin de déchaîner contre moi ces
lâches assassins ? Va, le coup que tu m'as porté suffit
pour me priver du jour... mais qu'ils achevent, j'y consens ... venez, venez, Tigres ... qui peut vous retenir?
frappez ... quoi poussez-vous la cruauté jusqu'à vouloir
m'épargner ? Ou, moins Barbares que le monstre qui
vous envoye, êtes-vous retenus par une cruelle pitié?
Prêtez-moi donc vos armes. *(Il veut se jetter sur l'épée
de D. Q.)*

LE BERGER *à D. Q.*

Ah ! Seigneur Chevalier, de grace, retirez-vous, vôtre presence augmente sa fureur.

D. QUICHOTTE.

J'y consens ; j'aurois peu de gloire à le vaincre presentement ; mais si-tôt qu'il sera plus tranquile, il faut
qu'un combat singulier termine nôtre different. Au revoir, Chevalier : Sui-moi, Sancho, laissons cet insensé.

SANCHO *à part.*

Pour suivre un fou, C'est troquer son cheval borgne
pour un aveugle.

CARDENIO *voyant sortir D. Q.*

Quoi, les Barbares fuyent ! Quoi je ne puis trouver
la mort ?

THERESE.

Eh ! Bergers, emmenez promptement ce Malheureux chez nous ; enfermons-le jusqu'à ce qu'il soit plus tranquile.

Les Bergers ammenent Cardenio.

IGNE'S.

Vien, cher Marcelle, suivons ce miserable Amant.

MARCELLE.

Helas ! pourvû que cet Etranger qui te parloit tantôt, ne me rende pas bien-tôt aussi malheureux.

IGNE'S.

Marcelle, cette crainte me plaît autant qu'elle est injuste.

FIN DU DEUXIEME ACTE.

ACTE TROISIÉME.

Le Theâtre ne change point, mais on voit dans le
fonds la Mer fort agitée d'une Tempête.

SCENE PREMIERE.

DOROTHE'E.

JUste Ciel ! quelle horrible Tempête, où vais-je
Malheureuse, & quelle erreur me conduit icy ?
Tremblante pour les jours d'un Ingrat que je ne
puis haïr, je porte mes tristes regards vers la Mer,
m'imaginant que je pourray m'instruire du sort de ce Perfide; s'il perit, helas! c'est bien loin de ces lieux.... Quels
éclairs ! quel coup de foudre ! O Ciel, ne le punissez point:
D. Fernand, tu peris, tout m'annonce ton trépas ! ah
Cruel ; j'ay pû survivre à ta noire perfidie, mais ton juste châtiment va me donner la mort. O malheureux Cardenio, que le hazard vient de conduire icy, que n'ay-
je en ce moment perdu comme toy l'usage de la raison ?
Ah du moins, tu ne vois pas le peril que court l'Objet
de ta tendresse.

SCENE DEUXIE'ME.
IGNE'S, DOROTHE'E.

I G N E' S.

EHı Madame, quel eſt vôtre deſſein, & que venez-vous faire icy lorſque chacun ſe cache ? Pourquoy vous expoſer ainſi aux dangers de l'orage, ahı de graces, rentrez.

D O R O T H E' E.

Ehı ma chere Enfant vous-même, pourquoy ſortez vous ?

I G N E' S.

Ne vous retrouvant plus au logis, l'inquiétude m'a priſe : Ehı rentrez, Madame.

D O R O T H E' E.

L'orage ſe diſſipe ; & nous n'avons plus rien à craindre.

I G N E' S.

Mais, pourquoy riſquer ainſi vôtre vie ?

D O R O T H E' E.

Helası on craint peu le danger quand la vie eſt importune.

I G N E' S.

Ah ! Madame, prenez d'autres ſentimens, peut-on ne pas craindre la mort à vôtre âge ? Pour moy je vous l'avoüe, il n'y auroit que la perte de Marcelle qui pût me faire haïr la vie.   DOROTHE'E.

DOROTHE'E.

Quoy ! vous la haïriez, ſi vôtre Berger la perdoit ?

IGNE'S.

Et que ferois-je ſans lui , tout me paroîtroit effroyable ? Helas ! le mois paſſé il fut quinze jours abſent ; pendant ce tems je m'ennuyois par tout, & j'avois beau être avec les autres je m'imaginois toûjours être ſeule, je venois rêver icy comme vous faites à preſent, j'allois me promener en ſoûpirant, dans les mêmes endroits où nous avions coûtume de nous promener enſemble, je me repoſois aux mêmes places où d'ordinaire nous nous aſſoyons tous deux ... Oh ! j'avois bien une autre folie, mais je n'oſe vous la dire.

DOROTHE'E.

Et pourquoy ?

IGNE'S.

Vous me regarderiez comme une inſenſée.

DOROTHE'E.

Non, non, ne craignez rien, parlez charmante Ignés.

IGNE'S.

Quelquefois il me prenoit envie de parler aux arbres, je m'imaginois que tout devoit me parler de Marcelle : Mais à propos, Madame je vous diray qu'il eſt bien inquiet de ſçavoir qui vous êtes, vôtre beauté luy cauſe de la jalouſie, il vous prend pour un homme, & croit que vous venez icy pour m'épouſer malgré luy.

I

DOROTHE'E.

Vous ne luy avez donc point découvert mon secret?

IGNE'S.

Non, Madame, j'ay mieux aimé le fâcher.

DOROTHE'E.

Que ne vous dois-je point, ma chere Enfant !

IGNE'S.

Je vous l'avoüe, l'inquietude de Marcelle me plaît :
N'ay-je pas raison, Madame.

DOROTHE'E, l'embrassant.

Marcelle entre dans ce moment.

Oüy, belle Ignés, on ne peut mieux raisonner que
vous faites, continuez donc toûjours à m'être fidelle.

IGNE'S.

Ah ! que ne suis-je assez grande Dame pour vous
prier de recevoir mon amitié.

****

SCENE TROISIE'ME.

MARCELLE, IGNE'S, DOROTHE'E.

MARCELLE, *à IGNE'S, voulant poursuivre Dorothée.*

AH ! c'en est trop, Ingrate, tu vas pleurer la mort
de celuy que ton cœur me préfere.

DOROTHE'E.

O Ciel ; fuyons.

IGNE'S.

Arrête, Marcelle, arrête, ah ! que prétend-tu faire ;

MARCELLE.

Non, Traitreſſe, vainement tu veux me retenir, j'ay
vû .... je ne puis plus parler..

IGNE'S.

Ecoûte,

MARCELLE.

Je ſuis trop convaincu de ta perfidie, rien ne peut
plus m'arrêter, ah ! Cruelle ;..... mais tu ne meri-
tes plus mes reproches, & c'eſt trop differer ma ven-
geance.

IGNE'S.

Arrête, écoûte Marcelle, écoûte-moi, Marcelle, helas ; Il ne veut pas m'écoûter, Marcelle, ô Dieux ! Courons ....

SCENE QUATRIE'ME.

D. FERNAND, LUCINDE, IGNE'S,
quelques Domeſtiques de D. FERNAND.

D. FERNAND.

JEune Bergere, demeurez un moment.

IGNES.

Eh ! ne m'arrêtez pas. (*Elle fort.*

D. FERNAND.

Elle fuit ! Vous autres, allez voir dans ces Cabanes,
si l'on peut nous y recevoir.

LUCINDE.

Vous le voyez, Seigneur, le Ciel se declare contre
vos odieux desseins, & les vents nous rejettant sur ces
bords malgré vous, me rendent à ma patrie ; que pré-
tendez vous encore ? Ouvrez enfin les yeux, voyez vôtre vaisseau brisé, songez aux Malheureux à qui vôtre
injustice vient de coûter la vie, & voyez quel est l'es-
poir qui vous reste : je ne vous presse plus de vous laisser toucher de l'état déplorable où vous me reduisez
je sçais trop le peu de pouvoir que mes larmes ont sur
vous, oüy je sçais trop qu'obstiné à me faire souffrir,
mes pleurs loin de vous émouvoir, ne feront qu'irriter
vos fureurs.

D. FERNAND.

Non, Madame, non ne vous servez plus de ces larmes, elles redoublent ma fureur contre celuy pour qui
vous les versez, & vous font paroître encore plus belle
à mes yeux : Plus vôtre constance éclate, & plus je reconnois le prix d'un cœur comme le vôtre ; Ah ! si vous
voulez que je renonce à vous, cessez de me montrer tant
de charmes & tant de vertus.

LUCINDE.

Cruel, osez vous dire que vous m'aimez, lorsque vous
me reduisez à ne plus esperer qu'en la mort ?

D. FERNAND.

Ah! pour juger de l'excès de mon amour, songez au crime que je fais pour vous ; je trahis l'amitié la plus sincere, l'amour le plus constant ; Eh ! croyez-vous, Cruelle, qu'un cœur qui fut toûjours vertueux se laisse emporter aisément à de si noires perfidies ? Croyez-vous que ce cœur ne soit pas déchiré, quand l'amour le force à renoncer aux nobles sentimens dont il étoit rempli ?

Ah ! je suis cent fois plus à plaindre que vous, que Cardenio, que Dorothée ; accablé de remords, mais incapable de m'y rendre, forcé de vous faire souffrir, dans le temps que je vous adore ; criminel, amoureux, haï ; que pourroit-on ajouter à mes maux ?

LUCINDE.

Eh ! pourquoi donc nous faire tant souffrir, puisque vous avoüez vous-même que vous n'en êtes pas plus heureux ?

D. FERNAND.

Pour goûter au moins le funeste plaisir de n'être pas seul à plaindre ; car enfin, je n'espere point de vous trouver jamais favorable ; J'ai de vos sentimens une trop haute idée ; mais du moins je ne verrai point un autre possesseur d'un bien auquel je ne puis aspirer.

LUCINDE.

Non, Tigre, tu ne le verras point, peut-être mon cher Cardenio ne voit déja plus la lumiere : Oüy, cher Epoux, en ce moment je crains l'excès de ton amour, je crains l'effet cruel d'un aveugle désespoir ; helas ! juge de ma tendresse, je voudrois en ce moment que tu ne m'eusse pas tant aimé.

SCENE CINQUIE'ME.

MARCELLE, IGNE'S, DOROTHE'E
se sauvant entre le bras de D. Fernand, LUCINDE.

DOROTHE'E.

AH! de grace, sauvez-moi des fureurs d'un jaloux...
Mais, Dieux ! que vois-je !

D FERNAND.

Juste Ciel ! dois je en croire mes yeux !

LUCINDE

Ne me trompai-je point ? est-ce vous, ma chere Dorothée !

MARCELLE.

Qu'entends-je ? c'est une femme.

IGNE'S.

Tu ne voulois pas m'écouter.

DOROTHE'E.

Quoi ! vous vivez, Seigneur, mes vœux ont été exau-
cez ; je puis vous voir encore après l'effroi que m'a-
voient causez pour vos jours les vents & la foudre, je
vous revois : Ne craignez point les reproches d'une malheureuse Amante, qui peut-être auroit dû se défier
assez du pouvoir de ses foibles appas, pour ne s'expo-

fer point aux malheurs où vous la plongez ; le peril
dont vous étiez menacé, m'a paru plus cruel encore
que vôtre changement, Seigneur, je ne vous preſſe
plus de me rendre un amour, ſans lequel je ne puis
vivre ; mais je mourrai moins malheureuſe, puiſque le
Ciel a conſervé vos jours.

SCENE SIXIE'ME.

THERESE *voulant retenir Cardenio ;* Et les
Acteurs de la Scene précédente.

THERESE.

EH ! par pitié, aidez-moi à retenir cet inſenſé qui
eſt dans ſes fureurs, & qui veut s'echapper, mal-
gré-moi.

D. FERNAND.

Ciel !

LUCINDE.

Que vois-je ? Helas ! c'eſt Cardenio !

CARDENIO *ſe jettant dans les bras de D. Fernand.*

Ah ! qui que vous ſoyez, prenez pitié de mon malheur, & délivrez-moi d'une furie qui prétend m'em-
pêcher de courir après ce que j'aime ; Je ſçais que mes
amis m'ont fait préparer un Vaiſſeau pour pourſuivre le
raviſſeur de ma chere Lucinde, & ces cruels veulent
me retenir icy ; ſans doute ils ſont d'intelligence avec
le barbare D. Fernand : helas ! hors ma Lucinde, tout

me trahit ; jugez de mon defefpoir, celui qui m'enleve le trefor que j'allois poffeder fut mon meilleur amy, j'aurois verfé mon fang pour luy ; vit-on jamais une plus noire perfidie ? Cependant tout favorife fes abomina- bles deffeins, & tout m'abandonne ; prêtez-moi donc vôtre affiftance ; pouvez-vous me voir dans l'état où je fuis, fans vous émouvoir ? mais vous ne pouvez pas encore juger de l'excès de mon defefpoir, il faudroit que vous connuffiez Lucinde, il faudroit que vous puffiez fça- voir quelle eft ma perte : Vous vous attendriffez, helas ! vous êtes le feul en qui j'efpere.., venez... courons... mais non, je ne puis plus me foutenir, & la mort vient enfin terminer mes cruels tourmens. (*Il tombe fur le lit de gazon.*

SCENE SEPTIE'ME.

D. QUICHOTTE, SANCHO ; Et les Acteurs de la Scene précédente.

LUCINDE *à D. Fernand.*

HElas ! il va mourir, Barbare, tes vœux ſont ſatis- faits, le trépas de mon malheureux époux va bien-tôt affouvir ta rage ; mais n'efpere pas que Lucinde luy furvive, ah ! puiffes-tu m'aimer affez pour que ma mort le venge.

THERESE.

Voilà la feconde fois que ces accès luy prennent, puis après il rentre en fon bon fens.

D. QUICHOTTE,

D. QUICHOTTE.

Quay-je entendu eſt-ce-là D. Fernand ? eſt-ce-là la
divine Lucinde ? Que l'on m'écoute icy. D. Fernand :
D. Quichotte qui te parle, eſt informé du crime que
t'a fait commettre un ardeur, que la vertu devoit te
faire éteindre ; ſonge à le reparer, en renonçant pour
jamais à l'aimable Lucinde, ou te prepare à me com-
battre ; ce n'eſt point l'amitié que j'ai pour Cardenio,
qui m'oblige à te parler ainſi ; tu verras dans peu ſi je
ſuis ſon amy, dans le ſanglant combat que je dois
avoir avec luy ; c'eſt pour hâter ſon châtiment que je
te preſſe de te rendre ; un ſerment m'engage à n'en-
treprendre aucune avanture que Lucinde ne lui ſoit
renduë, allons donc, ſonge à te défendre.

D. FERNAND.

Seigneur Chevalier, pour m'obliger à me rendre ce
ſpectacle eſt plus fort que vos menaces ; un amy que
j'ai trahi prêt à perdre la vie, une fidelle Amante à
qui la foy m'engage, qui malgré ma trahiſon a pû trembler pour mes jours ; qui ne ſe rendroit pas à de ſi fortes armes ? Oüy, belle Dorothée, vous triomphez de
moy pour la ſeconde fois, & vous ne devez plus rien
craindre deſormais ; qui pourroit vous ôter un cœur que
je vous rends, même aux yeux de Lucinde ?

DOROTHÉE.

Seigneur... helas ! puis-je croire...

LUCINDE.

Qu'entends-je ? Ah ! Cardenio, mon cher Cardenio.

K

CARDENIO.

O Ciel ! quelle touchante voix vient de fraper mon oreille & mon cœur ? que vois-je ? ô Dieux ! Lucinde ! Lucinde !

LUCINDE.

Cardenio.

D. FERNAND *embraffant Cardenio.*

O cher Amy, pouvez-vous oublier les maux que je vous ay fait fouffrir, & puis-je efperer en vous rendant Lucinde ? ..

CARDENIO.

Vous me rendez Lucinde ! Seigneur, Lucinde ! ô Dieux ! Ah ! dans l'excès de mon bonheur, puis-je me fouvenir de mes malheurs paffez ?

D. FERNAND.

Quoi ! vous pouvez me pardonner ?

CARDENIO.

Quoi ! vous pouvez me rendre Lucinde ? Eh quoi ! vôtre vertu, Seigneur, peut l'emporter fur vôtre amour ?

D. FERNAND.

En me rendant à la vertu, cher Cardenio, l'amour me recompenfe trop ; reconnoiffez dans ce charmant Etranger cette aimable Dorothée, dont je vous ay tant de fois entretenu, elle veut bien encore fouffrir l'hommage d'un cœur fi peu digne de fes bontez.

DOROTHE'E.

C'eſt à la beauté de la charmante Lucinde, plûtôt
qu'à vôtre cœur, que je dois reprocher vôtre infidelité;
ſi vous ne l'aviez jamais vû, vôtre cœur eût été plus
conſtant.

CARDENIO.

Le Ciel pour ſoulager mes maux, m'a privé pluſieurs
fois aujourd'hui de l'uſage de la raiſon : Ah ! qu'il daigne me la laiſſer, pour ſentir mon bonheur.

DOROTHE'E, *à Ignés & à Marcelle.*

Jeune Bergere, & vous tendre Berger, nos triſtes
aventures avoient troublé vos plaiſirs, qu'ils recom-
mencent pour celebrer nôtre felicité : *(à D. Fernand)* Ce
ſont de tendres Amants dont les nôces ſe préparent.

D. QUICHOTTE.

Tout beau, il n'eſt pas temps encore de ſonger aux
Fêtes ; Cardenio retrouve l'objet de ſes tendres amours:
Vous, Madame, vous retrouvez un Amant ; vous êtes
tous ſatisfaits, mais D. Quichotte ne l'eſt pas, Dulcinée
doit être vengée.

CARDENIO.

Quoi c'eſt-là ce Seigneur D. Quichotte?.. & de qui
donc, Seigneur, voulez-vous la venger?

D. QUICHOTTE.

Ne vous ſouvient-il plus des blaſphêmes, que tantôt
vous avez oſé vomir contre-elle ?

CARDENIO.

Moy?

SANCHO.

Vous, vous-même, Ouvrez donc de grands yeux; Nous
n'oublions rien pour dormir; Ce n'eſt pas à nous qu'il
faut faire accroire que l'on voit des étoiles en plein
midy; Il n'eſt pire ſourd que celui qui ne veut pas entendre; Diroit-on qu'il y touche? Il ne vous ſouvient
donc plus de ce que vous avez dit tantôt pendant que
vous rêviez, & que la tête vous tournoit?

CARDENIO.

Ah! Seigneur D. Quichotte: Si dans mes rêveries,
j'ai pû laiſſer échaper quelques diſcours indigne de
l'incomparable Dulcinée, croyez que dans mon bon
ſens je ſerai toûjours prêt à les déſavoüer, & à ſoutenir
qu'elle l'emporte ſur Venus pour la beauté, & ſur Minerve pour la ſageſſe.

D. QUICHOTTE.

Je m'apaiſe, Seigneur, & veux croire ce que vous
me dites. Illuſtres Amants, celebrez en paix vôtre bonheur, recevez l'amitié de D. Quichotte & comptez ſur
ſon bras.

D. FERNAND.

C'eſt trop de biens à la fois; mais prenons part à la
joye de ces jeunes Amants, il faut que leur hymen ſe
célebre devant nous.

THERESE.

C'eft trop d'honneur pour nous, Seigneur.

LUCINDE.

C'eft donc-là l'aimable Accordée.

DOROTHE'E *embraffant Ignés.*

Helas ! fi vous fcaviez les foins qu'elle a pris pour moy; Marcelle, vous n'êtes plus jaloux ? Pardonnez-moi l'inquietude que je vous ay caufée, & recevez vôtre époufe de ma main.

SANCHO.

Par ma foy tout ceci me charme ; je prévois que le Seigneur D. Fernand & le Seigneur Cardenio ne contri- buront pas peu à rendre la Fête complette. *(à D. Q)* Je vous déclare, Monfieur, que vous pouvez faire ce qu'il vous plaira : Les volontez font libres ; Il ne faut point fe gêner entre amis ; allez fi vous voulez vous lamenter dans les bois ; mais pour moi, je vous avertis, que je n'y retourne point que cette nôce ne foit faite; Où l'on trouve fon bon, il le faut prendre ; Nous fom- mes affez fouvent avec les malheureux pour pouvoir nous rejoüir avec les fortunez ; je ne crois pas que ces Meffieurs foient fâchez de nous avoir à leur compagnie.

D. FERNAND.

Nous vous conjurons de ne nous point abandonner, & nous efperons que le grand D. Quichotte voudra bien nous fuivre & honorer nos nôces de fa refpecta- ble préfence.

D. QUICHOTTE.

Seigneur ...

SANCHO.

Bon cela, Abondance de bien ne nuit point ; mais faifons place à ces Meffieurs que je vois qui s'apprêtent à danfer.

❦❦❦ ❦❦❦ ❦❦❦ ❦❦❦ ❦❦❦ ❦❦❦ ❦❦❦ ❦❦❦ ❦❦❦

SCENE HUITIE'ME.

Troupe de BERGERS de BERGERES; Et les Acteurs des Scenes précédentes.

Ignés & Marcelle fe joignent aux Bergers, & font placer D. Fernand, Dorothée, Lucinde & Cardenio fur des gazons élevez ; puis après ils paffent devant eux en ordre, & les faluent en cadence.

UNE BERGERE,   Melle. Lifarde.
BERGERS, Les Srs Mouret, & Muraire.
CHOEUR DE BERGERS.
L'HYMEN.   M. Legrand.
L'AMOUR.   Le Sr Dangeville.
Une Compagne de LUCINDE.   Melle. Antier.

PERSONNAGES DANSANTS.

LES BERGERS ET LES BERGERES
de la feconde Entrée, rentrent fur le Theâtre.
L'HYMEN & L'AMOUR y recitent un Dialogue.
LE ROY,
avec tonte fa Cour, forme une nouvelle Fête.

L'UNION DE L'HYMEN
ET DE L'AMOUR,
TROISIE'ME ENTRE'E.

DIALOGUE DE BERGERS.

DEUX BERGERS, Les Srs. Mouret & Muraire.

ENSEMBLE.

*Ces tendres amants, Hymen, soy favorable;*
Vien les unir d'une chaîne durable.

LE CHOEUR.

A ces tendres amants, &c.

LES DEUX BERGERS.

En leur faveur en ce beau jour,
Uny-toy pour jamais avec le tendre Amour.

LE CHOEUR.

A ces tendres amants, &c.

LES DEUX BERGERS.

Ah ! que tes nœuds leur paroîtront charmants,
Si devenus Epoux, ils sont toûjours amants !

LE CHOEUR.

A ces tendres amants, &c.

UN BERGER, Le Sr. Mouret.

L'Hymen veut combler vos desirs,
Et couronner vôtre tendresse ;

Il vous promet mille plaisirs,
Daigne l'Amour acquitter sa promesse !

L'AMOUR & L'HYMEN paroissent,
& recitent le Dialogue suivant.

L'AMOUR. *M. Legrand.*

Oüy je l'acquitteray ; je veux qu'en ce beau jour,
Le flambeau de l'Hymen brûle des feux d'Amour.
à L'HYMEN.
Jurons une paix éternelle :
Que nôtre union sera belle !

L'HYMEN. *Le Sr. Dangeville.*
O mon Frere, pour cette fois,
Puis je compter sur ta promesse ?

L'AMOUR.

Oüy, oüy mon Frere, dans les bois,
J'agis sans art & sans finesse.

L'HYMEN.
Je suis fait pour te croire, & toy pour me trahir.

L'AMOUR.
Tu me donnes souvent sujet de te haïr :

Est-il

Est-il étrange

Que je me venge?

Quand pour former tes nœuds, on te voit chaque jour

Preferer hautement la Fortune à l'Amour?

Lorsqu'à la brillante jeunesse,

Tu joins la fâcheuse vieillesse,

Hymen, que diroit-on de moy,

Si j'étois d'accord avec toy?

NOUVELLE FESTE.

LE ROY danſe en Amour.

AMOURS de la ſuite du ROY.

Mr. le Duc de la Tremoille.	Mr. le Ch. de Maulevrier.
Mr. le Duc de Bouflers.	Mr. de Gondrin.
Mr. de Cruſſol.	Mr. de Saint Florentin.
Mr. de Ligny.	Mr. de Rupermonde.
Mr. de Brancas.	Mr. de Laſuſe.

Monſieur le Duc DE CHARTRES repreſente l'HYMEN.

Suite de l'HYMEN.

Mr. le Grand Prieur.	Mr. le Duc de Montmorécy.
Mr. de Langeron.	Mr. de Mirepoix.
Mr. de Lorges.	Mr. de Villars.
Mr. de Coigny.	Mr. d'Alincourt.
Mr. le P. de Turenne.	Mr. le Marq. de Villeroy.
Mr. de Beſons.	Mr. de Croiſſy.

UNE BERGERE, Melle. Lisarde,

AU ROY.

Ah ! que cet A M O U R *a de charmes !*
  Tout doit ceder à ses attraits vainqueurs:
Les Graces & les Ris sont ses plus fortes armes !
  Qu'il regne à jamais sur les cœurs.

  Quelle rigueur extrême ;
Le devoir ne veut pas qu'on se laisse charmer !
  Si tous les Amours sont de même,
  Helas ! peut-on se défendre d'aimer ?

  Ah ! que cet A M O U R *a de charmes !*
  Tout doit ceder à ses attraits vainqueurs:
Les Graces & les Ris sont ses plus fortes armes !
  Qu'il regne à jamais sur les cœurs.

SCENE DERNIERE.

Une Troupe de Matelots se joint aux Acteurs
de la Scene précedente.

ENTRE'E DES MATELOTS.

Mr. de Tonnerre.　　　　Melles. Lemaire.
Mr. d'Holtager.　　　　　　　　Leroy.
Mr. de Francine.　　　　　　　　Duval.
Mr. Balon fils.　　　　　　　　Mangot.

Mr. Balon , Melle. Prevôt.

Le Sr. Dumoulin-4e.

Les Srs. Blondy & Dupré.

D. FERNAND.

Que vois-je ! Est-ce vous, mes chers Ami- ? Quoi,
vous avez pû vous sauver ?

UN MATELOT.

Seigneur, graces au Ciel , nous échapons tous de
l'orage.

D. FERNAND.

Ah ! mon bonheur est trop parfait : Joignez-vous aux
Bergers , mes chers Amis , & que la Fête continuë.
On danse.

UNE COMPAGNE DE LUCINDE,
échapée du nauffrage, Melle. Antier.

Impetueux Tyrans des Ondes,
Fiers Aquilons, Vents furieux,
Laiſſez regner le calme en ces beaux lieux,
   Rentrez dans vos Grottes profondes.

L'Amour par ſa preſence, embelit ce ſéjour,
Volez, charmants Zephirs, faites-luy vôtre cour;
Et vous, petits Oyſeaux, effrayez par l'orage,
Revenez faire entendre icy vôtre ramage;
Chantez, chantez, celebrez ce beau jour.

   Impetueux Tyrans des Ondes,
   Fiers Aquilons, Vents furieux,
Laiſſez regner le calme en ces beaux lieux,
   Regnez dans vos Grottes profondes.

FIN.

APPROBATION.

J'Ay lû par ordre de Monseigneur LE CHANCELIER, la
Piece, intitulée; LES FOLIES DE CARDENIO: Et
j'ay cru que l'Impression en feroit plaisir au Public. Fait à Paris
ce vingt-septième Janvier 1721. Signé HOUDAR DE LA MOTHE.

PRIVILEGE DU ROY.

LOUIS par la Grace de Dieu, Roy de France & de Navarre : A nos amez &
feaux Conseillers, les Gens tenans nos Cours de Parlement, Maîtres des Reque-
tes ordinaires de nôtre Hôtel, Grand Conseil, Prevôt de Paris, Baillifs, Sénéchaux,
leurs Lieutenans Civils, & autres nos Justiciers qu'il appartiendra, Salut, Nôtre
bien amé le Sieur COYPEL fils, nôtre Peintre ordinaire, reçû en Survivance premier Peintre de nôtre tres-cher & tres-amé Oncle le Duc d'Orleans, petit-Fils de
France, Regent de nôtre Royaume; Nous ayant fait supplier de luy accorder nos
Lettres de permission pour l'Impression d'un Livre, intitulé; LES FOLIES DE
CARDENIO, qu'il souhaiteroit faire imprimer & donner au Public; Nous avons
permis & permettons par ces Presentes audit Sieur COYPEL fils, de faire imprimer
ledit Livre en telle forme, marge, caractere, conjointement ou séparement, & autant de fois que bon luy semblera, & de le vendre, faire vendre & débiter par tout
nôtre Royaume, pendant le temps de trois années consecutives, à compter du jour
de la datte desdites Presentes. Faisons défenses à tous Libraires-Imprimeurs, & autres
personnes de quelque qualité & condition qu'elles soient d'en introduire d'Impression
étrangere dans aucun lieu de nôtre obeïssance; A la charge que ces Presentes seront
enregistrées tout au long sur le Registre de la Communauté des Libraires & Imprimeurs de Paris, & ce dans trois mois de la datte d'icelles, que l'impression de ce
Livre sera faite dans nôtre Royaume, & non ailleurs, en bon papier & en beaux
caracteres, conformément aux Reglemens de la Librairie, & qu'avant que de l'ex-
poser en vente le Manuscrit ou Imprimé qui aura servy de copie à l'impression dudit
Livre, sera remis dans le même état où l'Approbation y aura esté donnée és mains
de nôtre tres-cher & feal Chevalier Chancelier de France le Sieur d'Aguesseau; & qu'il
en sera ensuite remis deux Exemplaires dans nôtre Biblioteque Publique, un dans
celle de nôtre Château du Louvre, & un dans celle de nôtredit tres-cher & feal Chevalier Chancelier de France le Sieur d'Aguesseau; le tout à peine de nullité des Presentes: Du contenu desquelles, vous mandons & enjoignons de faire joüir l'Exposant
ou ses Ayans-Cause pleinement & paisiblement, sans souffrir qu'il leur soit fait aucun
trouble ou empeschement; Voulons qu'à la Copie desdites Presentes, qui sera im-
primée tout au long au commencement ou à la fin dudit Livre, foy soit ajoûtée comme
à l'Original: Commandons au premier nôtre Huissier ou Sergent, de faire pour l'exe-
cution d'icelles tous Actes requis & necessaires, sans demander autre permission, &
nonobstant clameur de Haro, Charte Normande & Lettres à ce contraires; CAR tel
est nôtre plaisir. DONNE' à Paris le trentiéme jour du mois de Janvier, l'An de Grace
mil sept cent vingt-un; & de nôtre Regne le sixiéme, Par le Roy en son Conseil,
Signé, FOUQUET.

Il est ordonné par l'Edit du Roy du mois d'Aoust 1686. & Arrests de son Conseil, que
les Livres, dont l'Impression se permet par Privilege de Sa Majesté, ne pourront estre
vendus que par un Libraire ou Imprimeur.

*Registré sur le Registre IVe. de la Communauté des Libraires & Imprimeurs de Paris, page 689.
No. 745. conformément aux Reglemens, & notamment à l'Arrest du Conseil du 13. Aoust 1703.
A Paris ce treizie-me Janvier 1721. Signé, DE LAULNE, Syndic.*